詩集

風と山人

青木善保
Aoki yoshiyasu

コールサック社

詩集

風と山人

目次

Ⅰ章　風と山人

Ⅱ章　地球人の決意

III章　母の手のひら　父の一語

詩集

風と山人

青木善保

Ⅰ章　風と山人

風と山人

風は天の頂より
大気圏をぬけて
高山の渓谷　尾根道を
いくつも超えて
山人に会いにくる

山人は
白雲のように
山なみ遠く宇宙の彼方を望んでいる
今日も口をつむる

時々　ハイマツの茶をすする

颪は語る
神仏が去って久しいね
田園は荒廃し
山肌は痛々しい開発の爪あと
市場原理のわがまま顔
飽食と飢餓の両極
人倫は地に落ちる
ネオ・マルクスは出ないのかね
異常気象に気づくのが遅すぎたよ
いつまで地球は　人間を許しておくのかね

山人は　うなずいて　つぶやく
大気が　変わる

海が　変わる
山が　動く
人が　動く
風は　しずかに
天の頂へ帰っていく

雪の朝

雪は一日降り続く
雪は豊作の知らせ
白雪姫のお便りが届くか
長野城山麓の町は雪に覆《おお》われ静かに眠る

雪が止み　まぶしい冬の太陽が顔を出す
窓を開ける　白銀の世界
家の前の四メートル道路が
きれいに雪かきされている
ふと　晩秋の落葉が

きれいになっていたこと思い出す
どなたの御奉仕かわからない
寒気きびしい雪景色を
戴いた温かい心がみつめる

新雪に祈る

雪の降り積もるをみつめる
原始の氷河期をどうのり越えたのか
地球生物生滅の危機が一億五千万年間隔で六回あった
七回目が近づいている　と

人間の我欲が地球を破壊させ　人間良心を消遣《ショウケン》させない時代を
先取りする政治家　科学者　終焉者……教育者はいないか

沈黙の大変な数の人々には
意志を持たない存在と扱われそれが矛盾のない形の論理になっている

自然破壊は　個人の問題だけではない
人類の良心につながる
我欲勢力を阻む
人間の良心は　在って無き如きものか

雀のマナコ

早春の大雪を経て
可愛いふっくら胸毛を納める
千曲川辺近く老人施設「コンフォート岡田」が
並ぶ　その一つの中庭
蕾の硬いハナミズキの根元には
コケが緑　スイセンの黄花が開いている

朝のチャイム鳴る
中庭を見下ろす軒に数羽の雀が留まる
兄貴分の雀

DK《デイケア》の姉ちゃんまだかいと
今朝は　忙しそうで　御顔を見ていないよ
雌雀が応える
屋根の雀が増えてきた

中庭を囲むガラス窓に
車椅子の顔が寄ってきて
姉ちゃんが木の根元に餌を優しく撒く
雀たちの小さな動きを見守っている
姉ちゃんは　朝家の神仏様お供え御飯を戴いて撒く
人間の眼底には天国の自然の風景があるという
雀の黒目には何が映っているのだろう

小さな庭

家の前の小さな庭の生きものに
心が癒される
三月の大雪もフキノトウは元気
イヌフグリも青色の小さな花を精一杯つけている

父が家を建てた頃　七十年前か
住宅地のまわりは田畑　家の側の清流のせせらぎの
音が聞こえた
田に水が入ると蛙声が幕のように広がる
ウグイスや小鳥の声を間近に聞く

父は杉の苗木で庭を囲っていた
夏は蝉の居場所となった　今は切られている
石燈籠《いしどうろう》のわきの椿も姿を消した
石鉢のわきの紫陽花　庭で最古の四季咲の薔薇
母がよく世話して花たちを慈しんでいた
この薔薇は四季咲で寒風の中で桃色の花をつけた
何度も植え替えを生き抜いた　今は庭の中心に
高く伸びている
四人の男子を育てた母を偲ぶ桃色の薔薇の花
妻も庭の手入れに熱心だった　病床でラベンダーを
持っていくと喜んでくれた
好んだラベンダー　今年は一株半となった
土が合わないのだろうか
木彫りや水彩画を残して逝った
長女の好きな百日紅《さるすべり》　夏の暑さに

百日も耐えて咲いていると
病床「会社にいけるようになる?」「大丈夫だよ」と答えたが
百日紅の終わる後旅立った
昨年二十年木の柊《ひいらぎ》が枯れてしまった
冬咲く　白花香が忘れていたように思い出す
好きな柊は昨年枯れた
孫兄妹の小学校入学記念の
梅の木は兄妹の背丈を越えている

忙しい時間をさいて妹娘　小さな庭の手入れ
八重のチューリップ新しい仲間を増やしてくれる
Kさんからの紅白のシャクヤク　Tさんの大輪の白百合
今年の秋を楽しみにしている　名を知らぬ多くの生きものと
孤独を感じるとき　不自由の体を庭に向ける
小さな庭の生き者たちの息吹に触れて

混迷の地球の行方を考える

森の宝石

八ヶ岳南麓九百米の豊かな里山
名高いオオムラサキの生息地
小学三年生が毎年
囲われた雑木林で
幻の蝶を育て続けている
子どもたちの人気は
木の小枝を這う幼虫
そっと指を触れる
角をだし小さな目をむける
顔の愛らしさ

羽化のときを迎える
背中から頭が出て
羽　腹　脚がそろって
ムラサキの紋様の鮮やかさに
歓声をあげる
竹籠に入れたオオムラサキを
エノキの植林の森へ放つ
　バイバイ　がんばるんだよ

オオムラサキを大好きなおじいさんが
植えたエノキの林にある
「国蝶の宿」は閉じられている
ウグイスの鳴く　一人暮らす
おばあさんの家の庭に
おじいさんを連れて

オオムラサキが
今日もやってくる
庭の小石に止まる
おばあさんが手をさしのべる
右手の指先に乗り移る
　あなたはどちらにとびますか
おばあさんの声に　オオムラサキは
しばらく羽を止めて
故郷の森へ飛び立っていく

葉っぱに学ぶ

植物たちは
空気中の二酸化炭素
根からの水
太陽の光を利用して
葉っぱで澱粉をつくる
光合成をおこない自活している

白神山地の幸は無限
マタギは原生ブナ林に猟をする
冬はカモシカ　ノウサギ　ヤマドリ…

クマは一年一・二頭に留める
マタギの里は漁をする
　夏はイワナ　サクラマス　アユ…
弘前藩の生活源は白神山地から
水源　食糧　燃料　鉱物を得ている
燃料になる薪材は年十五万本
十ヵ年廻伐　備山　森林保護を定める
しかし　山の伐り尽しは止まらない
藩の都合のために…

人間たちは
太陽の光　水　酸素を採りこみ
大量の食糧を求め　燃料にして
欲望を限りなく燃やし続ける
植物のように人間が体内で

澱粉をつくることができたら
人間社会はどうなっていただろう
せめて　葉っぱの光合成を
自負する先進科学で
工業化ができないのだろうか
貴女は不思議なことを考える

百日紅の花

ことしは　夏日が
五月からはじまった
じりじり　照りつける太陽は
過酷すぎる苦難をあぶりだす
七十年前の　あの日
桃色の百日紅《さるすべり》の花は
熱気にめげず　堂々と　庭に咲いていた
激戦　南の島で戦死した
従兄の笑顔がみえる
蟬捕りに　さそってくれた　にいさん！

アジアの大陸に　大海に
大空に　焼土の本土に
三百余万の方々の
御霊魂は　安らかに
眠っておられますか

再び　おとずれる
冷戦の気配
くりかえさせない
歴史をみつめ
凛と　百日紅の花を育てる

水はH_2Oか

槍ヶ岳槍沢谷に　梓川の源流を探る
一時の夏を　シナノギンバイの花が惜しんでいる
雪渓の登り口を迂回する　万年雪からしたたる滴が輝く
細く清く澄む豊かな流れがはじまる

月面よりみる地球の出　水の惑星地球は暗黒に浮かぶ
水は　雨雪の母に生まれ成長する生命体
生物に適した水　大自然がつくる水は
天然の液体　土壌鉱物　微生物の絶妙な三位一体を示す
水は千億分の一秒で激しく集合離散し渦巻く

このラセン形は混沌から秩序を生み出す
流体エネルギー本来の姿　水は生きている
自然　環境を　正常化活性化させる働きを担う
もし　環境　生態系の均衡を崩せば
地球の血液は疲れ果て　死の水となり
すべての生物は　絶滅の道をたどるだろう
構造が損なわれた水は　負のエネルギーを帯びて
人間に劣化をもたらし　現実社会での
道徳的　精神的　霊的な安寧にも悪影響を与える
現代科学は　宇宙や人間の真相に気づかず
見えない世界の宇宙エネルギー超微粒子を認めない
物質文明が　行き詰まっている現在に気づかない*　と

*シャウベルガー博士『自然界が持つ再構築の原理』より

水流は人工の毒を運ぶ

足尾銅山の鉱毒　水俣工場排水の有機水銀中毒
福島原発海水の放射線被曝　人間を襲う
しかし　一人合点の人間は
雪解け水を　若返りの水と珍重する
朝光一時　洗面器に水を張り洗顔洗心
炎天　渇いた喉を水道水が潤す
時に格別の期待を飲むミネラルウォーター
人間は水の正体を　ハカリエテイナイが
ハカリエテイルと楽観している
水道水　地下水は無尽蔵ではない
浄化による自然水の　極度疲労がみえていない
地球の水は　天空からの戴き物
人間だけが　勝手に独占してよいのか
現代人は　地球の水のみえない世界に
眼を凝らす　時代《とき》ではないのか

真紅の信州りんご

秋の満月は次第に光を減じていく
山裾を広がるりんご園は真っ暗闇になる
完熟を前に　太陽の願い―全生物の共存共栄―を紡いでいる
突然　真紅の衣を纏うリンゴ女神が顕れる
太陽神の願いの光を指先に灯してりんごの実に触れていく
暗闇のりんご園を蛍舞うように遠ざかっていく
赤黒い月面が次第に光をとりもどす

ラジオから「一人歩きの登山」が流れる
一腕一足の障害をもつ若者が

一週間かけて　北アルプス　上高地から槍ヶ岳へ
登山したと　流れ下る急流に架かる丸木橋
槍沢の大きな雪渓は槍ヶ岳近くまで続く
槍ヶ岳肩ノ小屋のゴールには
多くの登山者が　拍手で迎えた
この挑戦に協力援助した無言の大きな力を感じる
勇気ある若者に真紅の信州りんご届いたか

ガリリと信州りんごをかじる
台湾の子たちよ
隣人と共存できる道を創造しておくれ
ガリリと信州りんごをかじる
ウクライナの子たちよ
長い歴史的苦難　軍事侵攻をはねかえし
人類共存の橋を築いておくれ

ガリリと信州りんごをかじる
アフガニスタンの子たちよ
サッカーを基点に
貧富の壁のない共栄の道を造っておくれ
ガリリと信州りんごをかじる
日本の子たちよ
武器を持たないアジアの平和共生の道を
ねばり強く切り開いておくれ

星がよぶ

冬の星座が
冬籠りの人間に
親近感を抱かせる
地球外生命体は存在するのだろうか

グセフ・クレーターから　赤い火星の
青い夕焼けが送られる　二〇〇四
球形の地表に巨大な砂嵐を撮影　二〇〇五
北極の日の出の映像　探査機フェニックス　二〇〇八
表面下から水の氷を発見　二〇〇九

赤道付近のアレス渓谷から
窪地どうしを繋ぐ水路発見
水の作用で形成されたと推論　二〇一〇
三十億年前　火星は誕生直後
厚い大気を有し　温暖で海が広がっていった
三十八億年前　干上がり大気も失われた
冷たく乾燥した惑星になった
＊ＮＡＳＡの資料

火星人を空想した少年時代
ＵＦＯの情報に神経を　今も集中させる
星座を包む宇宙は未知で果てしない
人間の霊魂が
星になって見守っている　と
あなたの星を　今夜も母さんが探している

北極星がひかる
満蒙開拓義勇軍で逝った
叔父のやせた顔が浮かぶ
いまだ　己の生の意味が解けないぞ　と
確かに　記録も　国策に服従した教師の
きびしい懺悔は少ない
今の教師に　けじめもなく引き継がれている

ＮＡＳＡ電波望遠鏡群で　二〇一一
青いバックグランドの
宇宙信号を受信する
地球外知的生命体から
発せられた可能性がある
銀河系の果てから送られた

信号は　二百年の時を経てきた　と

太陽を崇め　星占いに従い
暦を作り　星座の動きで
種をまいた人間
宇宙は銀河系が千個以上
存在すると推測
超銀河構造はなお不明
地球生命は
宇宙生命形態の一つ
地球外生命体は存在するだろうか
そして　地球外のカミ
宇宙創造主に邂逅できるだろうか

大自然の触発

北極の空に
緑のカーテンがゆらぐ
地球の内部は
保護愛に燃えたぎっている

蒼い宝の海原
潮焼けした漁師が
居場所を追われる

ヒマラヤの

大河川の水源の氷河が
急速に融けている

信州名産の
真っ赤なリンゴが
消えるかも

福島の子どもは
大好きな故郷で
外遊びができない

釈迦　最期の言葉
　全てのものは　過ぎ去っていく
　放逸を戒め　怠ることなく精進せよ　と
いま　ここに立つ

足元をみつめ　深く見えない
もう一つの実在界を予感する

予測を超える
不安を呼ぶ地震が続く
地底深く　マグマは蠕動《ぜんどう》し
地殻の大きな窪みに
向かって動いている

Ⅱ章　地球人の決意

拈華微笑《ねんげみしょう》の柳沢友子さん

真夏の早朝　長いスカート姿で
自転車を颯爽と走らせる
暑にも負けず　寒にも負けず
自分を勘定に入れず
他人様のこと熱心に世話を焼く

町の人　協力一致『城東館』新築誕生
町の諸会合　趣味の集まりが生まれる
柳沢友子さんを中心に「ひまわりの会」が始まる
男性も入って『生きるって素晴らしい』（信濃毎日新聞社刊）

一節ずつ読み　感想を発表し合う
日野原重明さんの「体と心に良い習慣」が心に残っている
女性が多くなり　手芸作品作りが多くなる
材料集め試作に苦労
秋の文化祭に展示参加　好評を得る

若い力の『城東夏祭り!!』
裏方の料理作り熱心な柳沢友子さんの姿があった

働きながら城東公民館役員の活動
家々を廻ると　家の人との話より
先に庭の花たちに　声をかけている

四季咲きのバラが咲いている
柳沢友子さんに会えるかな

行こうにも行けない

デイゴがくりかえし咲き
七十年のあいだ
何度も　琉球へ行く機会はあった
しかし　行けなかった
心が動かない　体が動かない
強くはばむものがある
外側の壁　とりのぞかれるはずが
内側の厚い壁に変わる

ジュゴンの海原　名護のM教師をおもう

復帰しばらくして
教育研修一か月　信州の中学校に滞在する
時に　夜通し　野沢菜漬けで泡盛をふくみ
日焼けした口元が　やっと語る
今　島の子どもたちは　貧しく恵みも少ない
でも　本土の子どもに
追いつけ追いつけの　がんばり
悲哀の深刻さを　感じてほしいよ
琉球は　海洋貿易国の歴史文化を育み
近代　現代　本土と関わりつつ歩んできた
地獄絵　鉄の暴風の沖縄戦
火焔につつまれて逝く兵士　洞窟《がま》の女子学生
赤瓦シーサーの家々　赤子を抱く母親
四人に一人は　生命が奪われた
占領下　合意なしに広大な基地建設の強行

復帰　期待は裏切られ　変わらぬ従属が続く
イチドウシ（一番の友人）になりたか

地球規模の大怪物は
縄張り緊張の永久化を生む
デイゴ花の緋色を感受できない
利の居心地よさに良心を失っているのか
今　問われている
自己の感性を　とりもどし
琉球の悲哀を　わかちあい　共苦する
必ず　厚い壁を超える道が　拓ける
この道をたどって　琉球へ行ける

「もしも」の枯渇

「もしも」と物語る詩がなかったら
この世は何事も変わらなかったことだろう
息詰まる渦中に　その未来のバラ色
過去の暗黒色　連想は力尽きて消滅する
ひずみエネルギーは　結合し　蓄積し
跳ねまわる幸せのみえない世相を浮遊する
　年金支給の不満か　新幹線列車で焼身自殺
この世の奇妙な錯綜は　常識を破る詩の海へ通じている
時代背骨の核心に拘わる詩のマグマはよみがえるか

朝鮮戦争の一九五〇年一〇月一七日　北朝鮮元山沖で
米軍上陸のための掃海中に掃海艇は機雷に触れ爆発し
N氏は海中に　ただ一人帰らぬ人となる
「—講和条約締結前の微妙な立場だったので秘密裏に
　行動した」（本人手記）　一週間後　瀬戸内海で死んだ
ことにしてほしいと緘口令が敷かれる
平和憲法下初の戦死者　二〇〇六と二〇〇九　兄は弟の
合祀を求める申請書を靖国神社に提出する　神社側は
「時代ごとの基準に基づき国が戦没者と認めた方を
　祭ってきたが—朝鮮戦争は基準外」と回答した
日本が他国の戦争に自衛隊を出動させることは
朝鮮戦争へ掃海艇を出した同じ構図となる
犠牲者の明確な位置づけをと兄は訴える
　　　　＊戦後70年「希望を探して」信濃毎日新聞夕刊（二〇一五・七月）
ベトナム戦争には「もしも」はないのだろう

琉球国（沖縄）は国際法上の権利を有する独立国であった
一八五四・五五・五九年に米国・仏国・和蘭国との間に
修好条約を結ぶ　琉球国に国際法上の権利がある証の
重要な条約原本は日本政府が没収のまま未だ返されない
日本が　多くの抵抗を圧殺して独立国琉球国を併合した
歴史の事実を踏まえて　現在の沖縄問題は議論する
差別を超える経済的自立・非核非武装・住民運動―
そして自治の拡大から独立へと展開している
スコットランドを独立住民投票へと動かした女性から
沖縄への激励が届いている
憲法九五条による住民投票への道筋が見える
沖縄の独立が空想ではなく　大困難をも超える
現実が拓けてくる　ヤマトンチュ必読の書

＊『沖縄の自己決定権』（琉球新報社・新垣毅編著　高文研）

アイヌ共和国の「もしも」はないのだろうか

昨今の事象はめまぐるしく連想力を魅惑し続ける
詩の創造力をこえているのだろうか
「そろそろ休みたい　氏にたい」
「ただもう市に場所はきまっているんですけどね」
　　＊M君（Y中学二年生活ノートより　死を顕す氏・市はママ）

追いつめられ深傷を負う　生命の叫びは
思いやりのない大人には受け止められなかった
いかに償うのか　天からの聖職に正対して
絶え間ない日常活動のみかえし　改善し
わずかな感受　知性　行動の力まで磨滅させる巨大な
暗闇に　他者感覚を　とりもどす戦いを挑めるか
人影のない東北被災地の卒業光景がよみがえる
「苦境にあっても　天を恨まず　助け合って

生きていくのが使命です」

＊K君（大震災被災地―中学卒業生）のことば

涙の言葉を産み出す豊かな連帯の世界が拓ける
「もしも」福島に原発がなかったら

夏蟬が嗄らす必死の叫びが
木陰のないコンクリートの街に消えていく
「もしも」と物語る詩の枯渇の夏は短く
「尚足るを知らず」とつぶやく
胸の内の風音が轟轟とながれ
怒ったようなきれいな眼の詩人があらわれるだろう

アリ地獄

街頭に出て
コブシを掲げる
世にあふれる
青白い顔の人の群れ
民衆を餌食にする
打算の為政に
辛さを知らぬ
ひとにぎりの人でなしに
そして　力弱き自己に

仕事なく
住む家なく
テレビは遠い
希望は奪われ
アリ地獄の獲物の如く
いまに身をおくしかない

働けど働けど
残業は延々
数字効果をあげ
和顔が消え
労働人間性は影もなし
アリ地獄の獲物の如く
いまに身をおくしかない

いくつもの
病を抱え
病院から断られ
話し相手もいない
目の前のコスモスをみつめる
自分とかかわりのない
架空な世界へ誘われ
アリ地獄の獲物の如く
いまに身をおくしかない

街頭に出て
コブシを掲げる
無言の　想いが
集中する
アリ地獄脱出の

試行が続く
アリ地獄　次の
世界を夢みる

朝顔常陸《ひたち》の花火

平安朝　秋名月　宮廷の一隅
紫式部の書斎を藤原道長が訪れる
「枕草子」（清少納言）を超える
物語の執筆を依頼する
紫式部は黙思する
視線が縁先に置かれた　薄紫の朝顔の花を見つめている

2024パリ五輪セーヌ川
選手入場　両岸は歓迎の人々であふれている
セーヌ川を見下ろす川岸のホテルの一室

日本人家族が各国の選手団に　声援を送っている
両岸からの声援が川面に響く
窓辺の常陸の花火の朝顔が涙しているように輝いている

千曲川の近く老人介護施設一隅
デイケア室の中庭に
数本の木の間に季節の花が育てられている
十数個の植木鉢の中に常陸の花火が十数個咲いている
花々の世話をＤＫ室長Ｈさん　忙しい合間に気配りしている

中庭秋のある朝
40センチの支え棒に円を描いたツルだけが残っている
頂の一輪のしおれた花だけのこして支え棒にまいたツル
十数個の花と沢山の緑の葉のみが消えていた　Ｈさんは

キアゲハ幼虫毛虫が昨夜から明け方まで
常陸の花火の葉と花を食べつくした……来春は
美しいキアゲハがやってくるよ　きっと

不思議な朝顔
常陸の花火
常陸国風土記を読んでみよう

国譲りの深慮

神代のこと　根ノ国の大平原を必死に走る若者（オオナムチ）は背に国王スサノウの
娘スセリ姫を負い　右手に国王愛用の生太刀　左手に生弓矢をにぎる
国境を目前に王スサノウは大声で叫んだ
オオナムチよ　我が娘婿よ　出雲に立ち帰り　生太刀　生弓矢で
兄たちを滅ぼし「大国」を築け　葦原ノ中ツ国に!!

時を経て　高天原のアマテラスが「大国」に国譲りの使者を五度さしむけた　一、
二、三の使者は『大国』に住み　高天原に帰らなかった　五度目の使者が　武に秀
れたタケミカヅチに対した　大国主の子タケミナカタは敗れて信濃諏訪に籠ったと
古書に国譲りを記す

国譲りは大国主の深慮によるのではないか

「大国主」を祀る　農業の神（稲作）農具（鋤）の神
水の神（灌漑川水、水路）
・諏訪御柱祭木オトシ
・八岐大蛇《ヤマタノオロチ》　伝説には河川治水の伝承か

「猿田彦」を祀る　道祖神　稲荷信仰（倉稲魂）・木曾　御輿
コロガシの先導
・異国人か　大国主の協力者か

『大国』の全貌はつかめないが　東南アジアの稲作を取り入れて葦原ノ中ツ国に時をかけて広まった　通路、水路の整備には専門の知識技術が必要であったろう　人口の少ない中の稲作拡大は容易ではないことが想像される

「国譲り」を深慮する「大国主」

人間の深慮奥に内在する攻撃因子（戦争）と共生（平和）の葛藤の末　武力対決は

回避し共生の道を選んだと信じる

現代の国譲りは
　猛暑の八月広島　長崎の被爆者慰霊の鐘の音
　七八年目　核兵器廃絶　戦争なき平和な世界の実現
　七八年目　終戦の日　不戦を誓う深い禱《いの》り
暈《かさ》の下戦後の国となって七八年　軍事強化して戦前の国へ「国譲り」するのか

人間の宿命

難民のつづく
アフリカ各地
やせ細って泣く幼児の
映像が離れない
K医師団へも援助を
貴女は努める
一握りのしあわせは
あの名も知れぬ親子たちの
命とのひきかえなのだ
世の巨悪は繁栄する

旧約創世記　神は
地上は増えた人々の悪横行をみて
大洪水で滅ぼすと　ノアに告げ
大箱舟の建造を命ずる　箱舟が完成し
ノア家族動物たちが乗舟する　百五十日　洪水漂流
アララト山にとまる　頂に祭壇を築き祭祀する
全ての生物が絶えた地上…
二十一世紀　津波　地震　噴火　洪水…
地球の歴史をかえる　生きものを襲う
自然大災害の意志は　変えられない
人類が　完成に夢中の宇宙船は　ノアの箱舟か
現代は　重大な技術の転換期を迎えている
世の識者は　デジタル情報通信技術が

近代を拓いた活版印刷術に重ねている
さらに　バイオテクノロジー
人工知能は人間の能力を超える時が予想される
発展した遺伝子工学は人間のＤＨＡを組み換え
望み通りの遺伝子を持った「デザイナー・チャイルド」
出産の是非が現実味を持つようになる
人間が人間自身を変える
人為的進化の可能性がみえてきた
「人間以後」の時代がはじまる
貴女はどう思いますか

＊哲学で見通す現代20　岡本雄一郎
信濃毎日新聞夕刊 2018.2.6

ちょっとしたこと

秋御柱祭熱気の上諏訪に
会議通知頼り　列車を乗り継ぐ
会議室は　理事側と互選の長と拮抗
突如　長の強行　無用者は退席せよ
冷えた部屋の外に出る
御柱祭歓声に想う
良寛さんの遺墨　君看　雙眼色を

すべて国民は個人として尊重される　憲法13条
「日本国憲法の条文としていちばん大切と思う
ものを一カ条だけ引用しなさい　と言われた

としたら　私は躊躇なく13条を挙げます」
憲法学の樋口陽一氏
「近代憲法は…すべての価値の根源は個人にあるという思想を基礎に置いている」
憲法学の故芦部信喜氏
「…国家と国民とは別のもの　国民は国家から逃げ出したっていいいんだ」
詩人の故吉本隆明氏
＊信濃毎日新聞社説 2017.1.3

鳥取の青谷上寺地遺跡〈ＢＣ１５０～２５０〉で
弥生時代の殺傷痕のある老若男女幼児百体の
人骨が無造作に捨てられたように発見
そこには　弔い　畏れの心はない
これが戦争のはじまりか　と

権力のため　富を得るため
人類がくりかえす殺戮の遺伝子の根深さ
そのなかから現代人は生まれ出た

鎮守美和の森から笛太鼓音が心を洗う
奈良の宮大工師匠の家訓
腕が良いだけでは　棟梁は務まらぬ
「百論統一せざるは長をさるべし」
伽藍建築めざし　束ねる精神の錬磨を顕示する
多様性の喪失　個性の喪失は根底に
排除の論理　人間無視が　どす黒く渦巻く
大国が頼りにならぬ時代か　ちょっとしたことも
見逃さず注意深く　国の基軸をみつめよ
摩擦軋轢の解決の光は遠い
無用の用は　高い壁の向こう側にある

感染症拡大の渦中

美しい地球を眼前にする月面の台地
太陽宇宙の神々が集ってくる
神々は口々に　青い地球が危うい　と
汗を拭き拭き　風の神　雪の神がやってくる
神々の会議が始まる

水は血液　地球は生き物
地球は　暗雲に覆われている

海洋のごみゼロ
原始林破壊　　南北問題
地球温暖化　　核兵器禁止条約
宇宙のごみ　　国連と拒否権
貧富の格差　　感染症猛拡大
武力侵略　　　大噴火・大地震
人種差別撤廃

月天心　貧しき町を　通りけり　　蕪村

人間の理性は　地球の危機回避を可能にするか
テレビの世界古今東西英雄選びに　識者は
ナポレオン皇帝　アレキサンダ王を抜いて
遊牧民出身のクビライハン王を選ぶ

隙間のない社会に耐え抜いた人たちが
美しい月を雑念なく眺められる地球を求める
街の本屋には　新書大賞の
『人新世《ひとしんせい》の資本論（斎藤 幸平）』が並ぶ
鋭い眼光は　他の本屋を探る

人の為す瞬時のこと

南アルプス高嶺に　くっきり秋が来た
住民の反対するリニア大工事がはじまる
渓谷　清い水は濁を飲みこみ　淀みでやすむ
釣り糸を垂れて　清純の流れを待つ
鏡の水面は　時を止めている
静寂の空気が　ウキの微細な動きを伝える
水面下の生物　地上の生物の対面
釣針から放たれた魚のぬめり
所有欲から離れた人の手のぬくもり
勇む水面の泳ぎをみまもる

七万年前　ホモ・サピエンスはまだ
アフリカの片隅で生きていくのに精一杯の
取るに足りない動物だった　ところが
その後の年月に　全地球の主となり
生態系を脅かすに至った　今日
ホモ・サピエンスは　神になる寸前で
「科学革命」永遠の若さばかりか　創造と破壊の
神聖な能力さえも手にいれかけている
「認知革命」は共通の〈虚構〉誕生　大集団　法律を生む
「農業革命」の食料の安定的幸福は史上最大の詐欺だ
地球支配はこれまで　私たちが
誇れるようなものをほとんど生み出してはいない
過去数十年前　私たちは飢饉や疫病　戦争を減らし
人間の境遇に関しては　ようやく多少なりとも

真の進歩を遂げた　とはいえ
仲間の動物たちや周囲の生態系を悲惨な目に遭わせ
自分自身の快適さや楽しみ以外は追い求めないが
それでも決して満足できずにいる
自分が何を望んでいるかもわからない
不満で無責任な神々ほど危険なものがあるだろうか
これからどうすべきか　歴史をもとに
日本の人々にも考えてもらいたい　ハラリ氏はいう

＊ユヴァル・ノア・ハラリ　柴田裕之訳
『サピエンス全史』上下　河出書房新社より

大雪に閉じ込められる　非西洋文明世界に入る
日本の人は　無宗教者か　無我か
正法は宇宙的世界の　感受を説く
個は個であっても　宇宙とともに生きている

強者の操る　不安不満醸成に追い込こまれ
この安逸に埋没する　楽天的な島国気質が
時流に乗って　いま瞬時の決断を迫る
心の棘を温存して身構える姿勢　根源欲の衝突
若者に広がる改憲論を見る慙愧　その向こう側に
何処にたどり着くべきかの応えがみえてくる

地球人の決意

二〇二四年春
地球に巨大なオーロラが出現した
太陽の巨大フレアによると聞く
太陽神の地球の危機の警告ではないか
地球人の絶えることのない戦争
地球の自然破壊が進み
森林の広大な農地化
夏の月は「青い地球」が
「茶色い地球」になるのを悲しんでいる

ヨーロッパの哲人カントは
人間の本性は闘いを好む
暴虐な戦争を終えた人間は「法」にたどりつく
中国　漢　高祖の殺人禁止の法　日本国の平和憲法
第二次世界大戦を経て誕生した国連は
大国の拒否権乱用で機能を失っている
カントは世界の国々の組織国際連合を提案したが道半ばだ

ガザの叫びを聞こう
多年救援活動を行っている
日本人桑山医師と親交のある
マキロウ青年は太陽の沈む海岸で
「爆弾・飢餓・感染症に追われている
　戦争を止めてくれ！」
ガザの叫びを聴いて

自己の心の内にとどめないで
隣人に話しかける
そうしないと「法」は私の心の中に
眠ってしまう
地球の「法」を守るのは自分自身です

太陽系宇宙の
世界になっても
地球人の「法」（平和・共生）を貫きたい

Ⅲ章　母の手のひら　父の一語

母の手のひら　父の一語

小学四年の春　長野市へ転居
虚弱児グループに所属する
転校を期に私の体づくりに力を入れる
毎夜就寝前　お腹のマッサージを
黙々と続いた
おへそのまわりを
小さな円から大きな円へと
母の柔かい手のひらが描く
体がくつろいで寝入りそうになる
時に疲れて頭を下げながら
母の手のひらは休まず円を描いている

旧制中学二年の夏には学校の掲示板に
「航空少年集いの募集」が張り出された
身体に自信が出てきて早速願書を家へ持ち帰る
母は両眼を大きく開き
父は眼をつむって願いを聞いている
沈黙のあと
「この家を護れ　長男の役目だ！」
思いがけない父の言葉が返ってきた
夏休みに入り大東亜戦争は終る

遠い世界の父母が
隣に坐っている
結着の昭和百年を　固唾を呑んで見守っている
　昭和初期　世界戦争の火を放った日本は
　今　地球平和への道を突き進んでいるのか

絢南《あやな》ちゃん

薔薇の季節
梅雨入りの小雨が降り続く
昼近く　「西山食堂」の格子戸をあける
店員みなさんの視線が集まる
生後三か月　聞き分けのいい絢南ちゃん
座敷の通路寄りに　バウンサーに寝て
頭をおこしてお客さんを迎える
頭髪は頭頂に集められ　お人形さん
ぱっちり　かわいい瞳が見つめる
宇宙神の天使　清らかにやさしく
周囲の空間を　明るくする

純真な平穏を誘う　慈心の笑顔

昼の客で賑わう店の中
突然　力一杯の泣声　叫び声が起る
もみじの両手を勢いよく振って
両足を平泳ぎのように蹴っている
若いお母さんが駆け寄る
調理場のお父さんは通路越しに見守る
兄航大さんは　山王保育園で心配顔か
飲み物運ぶお祖父さん　ニコニコ顔
料理を運ぶお祖母さん　ニコニコ顔
ご機嫌で喃語で話しかける
ご対面の誰もが　心の奥深くにある
真心を呼び覚まされる
「西山」のマドンナ誕生だ

愛犬「陸《りく》」を偲ぶ

貴女の見舞いに来て
病院のお茶会に出席
「隔たりのないおだやかな空間を
　学校に創りたい」というK先生の
愛犬「陸」が逝く
貴女の四十九日法要の後
十八歳の年月　生活を共にする
朝夕の散歩　食べ物にも気配り
月毎の獣医検診を受ける
歩くことができない「陸」の

排泄を親身に世話する
　スコシモ　イヤダトオモワナイヨ
夜半のうめき声に　K夫妻は
いそぎ起きて　愛犬の不安をなだめる

かつて　自分の教育に悩み苦しむ心を
幾夜も　「陸」に語り続ける
もう一人の自分に話すように
「陸」は優しい眼で　K先生をみつめる
言葉が持つしがらみを　超える
広く深い響存の世界を直覚する
言葉に縛られる人間を超えて
生きる者すべてが響存する
温かく豊かな境位がある

K先生の三十四年間勤めあげを
待っていたのだろうか
子どもが本気になったとき自分でも
驚いてしまう自分に出会う
支援指導が有効に働いていることを
担任たちに自覚させてくれた
オリジナルオペレッタ「産川の唄」
「人間を感じ理解し人間をつくる
　ための教育」を教育研究所で学ぶ
運動会を子どもたちの力で創り上げる
総合的な学習の時間の単元開発
モンスターペアレンツとの遭遇
親権破綻の犠牲となる子に
対応する限界
自分を俯瞰できた療休から

本来の想いに立つ授業観・実践へ
教育職人を自負するK先生が
常に対話した愛犬「陸」さん有難う
貴女と出会っていますか

ある教師の追想

新緑の奥山が呼んでいる
北信濃　裾花川《すそばながわ》をさかのぼる人込みを離れて
貝の太古の化石の見る山肌を対岸に見る
はるか上流には木曾殿伝承の地がある
畑　民家は見えない林の中を行く
トンネルをぬけて見覚えのある集落をぬけ
上空に戸隠　西岳の連山が迎えてくれる
村の中心地から山奥へ入る
小高い岡が見えてきた
H小学校の校庭前に立つ

眼を閉じるとふるさとのオルガンの音が聞こえてくる

一九七九年の夏　H小学校六年　十一名児童

始業前の教室が騒がしい
K君が登校していない
みんなで迎えに行こう
今日は水泳があるからだよ　きっと
（校外活動の連絡を校長先生にして
　学級十名でK君の家へ出向く）
K君の家は　父母は働きに出ていた
級長のT君が家に入ってK君と話している
あとの人は庭で待っている
やがてT君とK君てれくさそうな顔を現した
みんなで拍手

この日の水泳教室は全員がプールに入った

学び合いの土台を造る学友感情
山村で養われた対人感情に表れている
競争優先の渦中　学習の土台
学友感情の成長を忘れてはならない

一九五四年冬Y小学校（二十四学級）

初任二年目の校長I先生
冬の放課後　応接室のダルマストーブをかこむ
十人ほどの若い先生方

佐久出身のI先生は象のような眼を持ち
スポーツマン　そして哲学者

テキストは初心者にむずかしい
三木清『哲学入門』
今も心に残るのは無念の死　敗戦間際獄中で死去したこと
パトスとロゴス…

酒が交流の潤滑油だった
酒は飲めなかったが雰囲気に魅かれた
I校長先生と嘔吐回数を重ねるうちに飲めるようになった
悪酔いして先生の下宿に泊めていただいた

校長職の在り方を一年　出会いで今も新卒が新鮮に生きている
愛情深く「夢」に対してきわめて厳しい
管理者であるより人間的人格者になれ
学校は先生　教員が教師となれる大事な場所だ

全国児童生徒不登校　三万人

日本の学校教育は崩壊している
（どのような教育改革を考えているのか）
昭和百年がやってくる
（帝国主義戦争を反省し平和を目指す日本が軍備）
人類・地球の解決すべき問題
（平和維持　自然保護）

学校が乾燥地帯となっても
わずかな自己水を基に
子どもたちの学びを尊ぶ教師がいる
歯を食いしばり寝る間もなく子どもの作文を読む教師がいる
気になっている子から眼を離さない教師がいる
親の話をじっくり聞く教師がいる
親御さん・地域の方々に
眼に見えない必死の努力をしている

子どもたちの先達に新鮮な勇気の光を
送ることを願う

童子の現

三途の川を渡り　人間世界に別れを告げて
y明王とz童子は　ひたすら歩く
「此の世」と「彼の世」を分断する大自然
霧に巻かれた広大な湿暖原野は
二つの世界を隔絶する
この道の果てに「彼の世」が待っている
しかし　辿り着くことができない人がかなりいると聞く
明王の古びた法衣《ほうい》と童子の荒れた草鞋《わらじ》が
難行苦行の長旅を物語る

童子の胸中は「此の世」の人間情感に憧れ
明王に還俗を懇願し「彼の世」を後に
「此の世」に向かう
童子は明王の教えに抗いつつ釈迦念仏を呟き
「此の世」を覆う無愛の渦中に没して行く

突然規則正しく歩く童子の体が反転し
剃頭の頭部を道わきの大きな株根《かぶね》に激突
物音に振り返る　明王　舞うように瀕死の
童子を抱きしめる
剃髪頭部　出血口に法衣の一片を当てる
とある大木の洞に天上の愛を納める
明王の素肌が童子に心温かさを伝える
童子の眼に涙が光る
明王の瞳に大粒の涙が光る

「彼の世」と「此の世」を行き来できる人がいる
「彼の世」の記録にはｙ明王　ｚ童子のことは
残されていない

夕餉の前に

夕刊新聞に眼を通す
〈女性の老境文学「ひとり」に共感〉の
見出しに目が留まる　紹介記事
「亭主がいると安心な半面
　自分を殺しているところがあった
　ひとりになり　自分で自分のことを
　決める喜びと解放感を味わった」
「老いとは　母や妻という役割を脱ぎ捨て
　自由に生きられる時間のこと
　すがすがしい時代です」

＊『おらおらでひとりいぐも』著者　若竹千佐子

「独りとはかくもすがしき雪こんこん」
「たどりきて終の栖や嵯峨の春」
＊『句集ひとり』著者　瀬戸内寂聴
はっと　頭をよぎる
過ぎ去った退職の日の言葉
「今日で主婦の仕事は終わります」
第二の退職の日の言葉
「わたしのお世話はおわりね」
貴女の心底が沸沸と浮かびあがってくる
あの超然とした表情の陰に
自己解放の願いが秘められていたのだろうか
夜遅く　集中して水彩の絵筆を動かしている
淡い色調に苦心している

昼間の色彩と微妙に違う　つぶやく
雪の夜　硬い木板に　大きな刀を右肩にあて
強く削る　小さな刀を冷たい手で彫る
勤務　家事を終えて睡眠時間を割いて
いのちを　絵画　木彫　折り紙…作品に映している

一人分の夕食を　机上に
牡丹花とうつる写真の前
貴女の好物　手作り野菜炒め
山賊焼き　漬物…をならべる
やっと今　わかりました
勝手に思い過していました
取り返しはできません―
どうぞ　お許しください
身近い貴女の

いのちを吹き込む営みを
余暇利用の楽しみと
乏しい頭で思っていたのです
念じ終えて　二人は夕食を摂る

＊信濃新聞（夕刊）2018.4.5

病床幻想

葉桜の頃
救急入院手術
治療を受ける
初めての長期入院
朝顔の残る晩夏の昼
仏顔に似た女性《ひと》が現われる

仏顔が手術台の横を歩かれたことを話す
凛として心の乱れを感じさせない
姿に押される

戸隠《とがくし》の清水
命の水を盃についで口移しを迫る
突如叫び泣き声が響く

永い時間を経た
居住まいを正して立ち上がる
「いつまでも　恩師で」
病室を　出て紫陽花の道へ
去っていく

筆投のとき

コハクチョウ　北帰行の季節
信州犀川からシベリヤへ帰る
白鳥の声高く優雅な鳴き声は
その命絶える前の時　悟りの時にあると伝わる

昭和二十三年の夏　専門学生
男二人女二人が　上高地より日帰り山歩き
　槍ヶ岳登山は
　私の大事な想い出　ありがとう
九十歳余の小学同級生Ｓ子さんから電話がある

間もなくS子さんが永眠された知らせがあった

正岡子規は長年病床にあり
門人に助けをかりる
　痰一斗
　　糸瓜の水も
　　　間に合わず
上野の雪も観ず九月一九日
墨痕鮮やかな匂いを残し
余力搾って手にした墨筆を手放つ

我が筆は　いつ最後を迎えるか
最期に筆が持てない　字が書けない
そのときが迫っている

九十年代の世界
──此の世・彼の世→其の世へ──

昭和百年がやってくる
甚大な被害を造った
戦争拡大　敗戦　貴重な体験
経済繁栄にのって
平和の旗を捨てようとしている

昨霜月　朝のラジオ放送を聴く
能登で演劇活動している
仲代達矢さんが力強い言葉で

二〇二四年一月の九十一歳誕生日を
期して　役者精神に挑戦する　役者名未定と

寒風の嵐の中に
恩師のことばが聴こえる

深く　生きる

独往　隣有

耳も聴こえず　目も視えず
手足も動かず　意識が乱れ
ベッド生活の　孤独の中で
己の　自己を探る
心の叫びが響く

静かな安らぎのひととき
己は「彼《あ》の世」に生きているのか
己は「此《こ》の世」に生きているのか
それとも「其《そ》の世」に生きているのか
「此の世」の自分　「彼の世」の自分をのり越えて
自分を捉える「其の世」の世界を予感する
倫理道徳を超える内在生命力の根幹

「此の世」「彼の世」を渡って
「其の世」にたどりつく九十年代
無条件に人の精神身体が変化させる
九十年代の描きだす「其の世」
その実相に強い関心を向けたい

新年に念《おも》う

春陽を受けて　桜花満開
街の北西の数本の桜「お花見案内の回覧板」
「南天乃その」と合わせ　有志方々の手入れが続いている
初夏　街の北を流れる鐘鋳川に
鴨《かも》の親子が泳いでいる　小出智子さんが教えてくれる
昨中秋のお月さん雲間に一瞬　街の家々を照らす
二階の窓を開け　一人黙然と腕組み念じる親父さん

縁側に　お花おだんごを供えて念じる　祖母さん祖父さん
庭に出て　兄と妹　父さん母さん　家族で念じる……

地球の自然・人類　気になる　が
身近で話ができ　小さな助け合いができる
この街の平安を念じる

日本晴の心

千曲川に近い長野市郊外
毎週デイケアに通う老人施設の前に立ち　北東を眺める
田園地帯を越え　市街地を越え　山脈の中
飯縄山（一九一七米）　にこやかに聳えている
飯縄山登山は　小学六年の春　友数人夢中で登った
人気なき山頂から　善光寺平を見下ろす光景が忘れられず
青年壮年と三〇回位登っている
登る人も影もない　話題にもならない
しかも親しみのある山麓には彩の少ないスキー場
飯縄山に登る　山頂には小さな祠　眼下には善光寺平が広がっている

人影は見えないが　人間が生活している
小さな驚きが　飯縄山山頂を近づけた
小さな人間存在を教えてくれた飯縄山頂だ

T中学校　二百名仮泊の中房温泉宿を出発　午前〇時半
北アルプス有数の急坂　すでに出発した
登山隊の灯が切れ目なく続いている
闇黒の山頂に点々と　灯の行列が続いている
暗黒の地底から這い出るように　明かりを頼り
黙々と急坂を上る
二周点を過ぎ　燕山荘に着く頃は明るくなった気がする
荷物を預けて燕山頂へ向かう
燕岳（二七六三米）の頂にゆく
すでに大勢の人たちが東の空を見つめている
花崗岩の砂の上に腰を下ろす

ようやく東の空が明るく感じる
眼前は見渡す限り雲海　富士山　浅間山が頭を出している
下界が遮断され天空にいる
太陽が顔を出した　宇宙の御来光
得がたい宇宙体験を
心に秘めて山を降りる

山人は山を愛するが　所有を望まない
月々の四季の美しさ
征服はしない自然の山川湖森草原がなつかしい
健気な人間の　貴重な和みは遠くなり
紙一重と混濁の渦中にあって　混濁の広がりが世界を包んでいる
昨秋は晴れの日が少なかった
地球人が日本特有の「日本晴」を消し去ろうとしているように思う
雲一つない青空の日本晴を日本人は失いつつあるのか

農夫と大工に徹する　Ｏさんは
「大根や玉葱の哲学を思いやって
　手づくりの農業を進めたい」と
教育学者のＡ教授は
「学力開発から能力制御の重点移」を説かれる
地球人　山人「日本晴の心」を受け入れてほしい

宇宙からの「風」を受け止める「山人」・「日本晴の心」
――青木善保詩集『風と山人』に寄せて

鈴木　比佐雄

1

本格的な仏教伝来の六世紀半ばに百済から日本へ伝えられた、日本最古の阿弥陀如来像のある善光寺の近くに暮らす青木善保氏が、詩選集は除いて八冊目の詩集『風と山人』を刊行した。一九三一年生まれの九十歳を過ぎても精神的には新たに挑戦していく若さを持続している。この時代の様々な問題の根底に存在する大切なものは何かという、本質的な問いを発してそれを探究していく思索的な詩篇を試みている。その姿はこの世界において何が尊いかを絶えず個の原点に立ち還りながらも、新たな他者と共生していく地平を浮き彫りにさせてくれ、生きることの意味を豊かに示してくれている。

青木氏は七十歳になった二〇〇一年から『風の季節』を初めとして、『天上の風』、『風のレクイエム』、『風のふるさと』、『風の沈黙』、『風が運ぶ古茜色の世界』、『風が宿る善光寺平』、そして今回の『風と山人』という必ず「風」がタイトルに入っている詩集を刊行してきた。青木氏にとって「風」は自らの詩作と切り離すことができない詩を促す詩神《ミューズ》なのだろう。この「風」である詩的精神はどのように形作られていったのだろう。八冊の詩集以外に『青木善保詩選集一四〇篇』の中の収録されている個人年譜には詩作の原点や教育者としての活動について記されているので紹介したい。

一九四八年、長野師範学校に入学した十八歳頃に、戦争未亡人であり長野県の現代詩を切り拓いた小出ふみ子が主宰する「新詩人」に入り詩作を開始した。翌年の一九四九年から信州大学教育学部に入学した年には「ポエム研究会」で手作り詩集を作った。しかしその後は山岳部活動や国語教育研究などに力を注ぎ、詩作を離れることになった。卒論は「ヤマトタケルの研究」であり『古事記』『日本書紀』『万葉集』などの古代の歴史と神話などにも精通していったと思われる。後の詩作にも古代世界が出現してくる想像力はその時の読書経験によるものだろう。卒業後は中学校教員となり、「学習意欲を高める授業」、「詩歌の授業」や「地域と一体、山の教育」なども実践し、また「個の内に育つ学習指導研究」などを西田幾多郎の孫で信濃教育会教育研究所の上田薫所長から指導を受け研究をまとめていった。その頃に多くの哲学書も教育的な観点から読んでいったのだろう。そのように青木氏は多くの書籍を参考にしながら、子供たちにより良く生きることの意味を考えさせる教育実践をされてきたのだろう。青木氏は校長も歴任されたが、教育委員会で「市教育大綱草案作り」を務め、多くの教育者たちと一緒に長野県の教育を子供たちの個を生かすことを主眼とする教育活動をされてきた。その後に七十歳を機に第一線から離れて、若い頃にやり残していた思索的・叙事詩的な詩作に挑戦しようと決意されたのだろう。それから今回の詩集まで既刊詩集八冊、詩選集一冊の計九冊の詩集と二〇一一年には評論集『良寛さんのひとり遊び』も刊行したのだった。

2

詩集『風と山人』は、I章「風と山人」十二篇、II章「地球人の決意」十一篇、III章「母の手のひら　父の一語」十一篇の計三十四篇が収録されている。この三十四篇の中に「風と山人」、「大自然の触発」、『「もしも」の枯渇』の三篇は、既刊詩集から再録されている。タイトルにもなった詩「風と山人」は第二詩集『天上の風』に収録され、今回は冒頭に置かれている。きっと青木氏にとって特別な詩であり、全文を引用する。

風は天の頂より／大気圏をぬけて／高山の渓谷　尾根道を／いくつも超えて／山人に会いにくる／／山人は／白雲のように／山なみ遠く宇宙の彼方を望んでいる／今日も口をつむる／時々　ハイマツの茶をすする／／風は語る／神仏が去って久しいね／田園は荒廃し／山肌は痛々しい開発の爪あと／市場原理のわがまま顔／飽食と飢餓の両極／人倫は地に落ちる／ネオ・マルクスは出ないのかね／異常気象に気づくのが遅すぎたよ／いつまで地球は　人間を許しておくのかね／／山人は　うなずいて　つぶやく／大気が　変わる／海が　変わる／山が　動く／人が　動く／風は　しずかに／天の頂へ帰っていく

私は二〇一八年に刊行した『青木善保詩選集一四〇篇』の解説文で左記のようにこの詩「風と山人」を論じていた。

《私たちは本当の「風」に出会っているのだろうか、と青木さんは問うているようだ。「風」が「山人に会いにくる」ように都市で暮らす人びとは「風」と波動し合い、純粋に「風」と対話をしているのだろうか、と語りかけているようだ。「風」は宇宙を感じながら全身で受け止めなければならないのだ。「風」から地球を見れば緑や貴重な生物たちが破壊されつつあり、その荒廃は明らかだ。そして「風」は「いつまで地球は　人間を許しておくのかね」と誰かが呟くのを聞き取るのだ。それを聞いてしまった「山人は　うなずいて　つぶやく」のだ。その誰かは神であるのかそれとも人間に宿る理性なのだろうか。「大気が　変わる／海が　変わる／山が　動く／人が　動く」とは、大きな天変地異が起こることを予言していたかのようだ。実際にそれから四年後に東日本大震災・東電福島第一原発事故は起こってしまったのだ。》

これを書いて数年経ち、二〇二〇年から新型コロナウイルスが世界に蔓延しパンデミック時代が到来して、約三億二千万人が感染し、約五百五十三万人が亡くなった。またロシアのウクライナ侵略、イスラエルによるガザ地区への無差別にも近い爆撃で多くの市民が今も亡くなり、気候変動による想像を超えた天変地異などは今後も続いていくだろう。青木氏が危惧した「異常気象に気づくのが遅すぎたよ／いつまで地球は　人間を許しておくのかね」という二〇〇八年に発した言葉は、人類の欲望を諌めるような言葉として、ズシリと私たちの胸に響いてくる。青木氏は人類による地球の破壊を見続け、海面温度が上昇し、それに影響を受けて偏西風などの流れも大きく変わり、冷静に考えてみると、人類は必ずとんでもない反撃を地球からこうむると確信していた。そのことは不幸にも加速度的にその通りになりつつある。青木氏は、東電福島第一原発事故を予言した「かなしみの土地6　神隠しされた街」を一九九二年記した若松丈太郎氏のように、事実を突き詰めていって、未来の悲劇を透視してしまう文明批評的な危機意識を持った詩人である。この詩「風と山人」は青木氏の人類への警告の詩であるだろう。と同時に青木氏は、私たちの中にかつて住んでいた、宇宙から届く命の息吹である「風」を受け止めて、本来的な自然の多様な命と共生しようとしていた「山人」の知恵を取り戻すべきだと提起しているのだろう。自然の生態系に配慮し、自らの命に必要な最低限の猪や熊や山女魚などの命の恵みを頂き、時に街に暮らす人びとを山に案内して山の霊気に触れさせる「山人」的な生き方に、耳を澄ましていくことを示唆しているように私には思われるのだ。

3

Ⅰ章のその他の詩はそんな本来的な自然の声に耳を澄ます人びとの思いを伝える詩篇だろう。青木氏が地域の自然環境や地域社会などを大事にし、無償の「御奉仕」という本来的な生き方をしている人びとを見つめている箇所を紹介したい。

詩「雪の朝」では、「窓を開ける　白銀の世界／家の前の四メートル道路が／きれいに雪かきされている／ふと　晩秋の落葉が／きれいになっていたこと思い出す／どなたの御奉仕かわからない／／寒気きびしい雪景色を／戴いた温かい心がみつめる」と、高齢者の青木氏を気遣ってくれ、雪かきや枯葉の掃除を早朝からさり気なくしてくれる地域の隣人たちへの「温かい心」が染み渡ってくる。

詩「新雪に祈る」では、「自然破壊は　個人の問題だけではない／人類の良心につながる」と、「人類の良心」が存在するはずだと提起する。

詩「雀のマナコ」では、「人間の眼底には天国の自然の風景があるという／雀の黒目には何が映っているのだろう」と、DK《デイケア》の姉ちゃんが雀たちにお供えのご飯を撒く光景を「天国の自然の風景」だと記している。

詩「小さな庭」では、「木彫りや水彩画を残して逝った／長女の好きな百日紅《さるすべり》」を眺めると、「小さな庭」を作った父母たちも帰って来て、今は末娘が手入れをしている庭から「混迷の地球の行方を考える」のだ。

詩「森の宝石」では、「八ヶ岳南麓九百米の豊かな里山／名高いオオムラサキの生息／小学三年生が毎年／囲われた雑木林で／幻の蝶を育て続けている」と絶滅危惧種になりかける県もある中で、オオムラサキの美しさを愛する人たちが育て続けている。

詩「葉っぱに学ぶ」では、「せめて　葉っぱの光合成を／自負する先進科学で／工業化ができないのだろうか／貴女は不思議なことを考える」という、しなやかな発想を持った貴女を未来の人類のように考えている。

その他の詩「百日紅の花」、「水はH_2Oか」、「真紅の信州りんご」、「星がよぶ」、「大自然の触発」などでは、青木氏を含めた人間と宇宙や自然の存在物との本来的な豊かな関係を取り戻そうとする試みを記している。また自然の予測不可能な活動に向き合い、人類の科学技術への過度の依存を再考し人類の謙虚な備えを示唆している。

4

Ⅱ章「地球人の決意」では、Ⅰ章の課題をさらに深めていき、困難な社会・地球環境の中でも他者のために活動している他者たちを時空を超えて紹介している。その尊い行為やその思いから多くを学び記している。そのような多くの人びとが願ってきたことを集約した詩を最後の詩「地球人の決意」に青木氏は結実させている。その詩を引用したい。

二〇二四年春／地球に巨大なオーロラが出現した／太陽の巨大フレアによると聞く／太陽神の地球の危機の警告ではないか／地球人の絶えることのない戦争／地球の自然破壊が進み／森林の広大な農地化／夏の月は「青い地球」が／「茶色い地球」になるのを悲しんでいる／／ヨーロッパの哲人カントは／人間の本性は闘いを好む／暴虐な戦争を終えた人間は「法」にたどりつく／中国　漢　高祖の殺人禁止の法　日本国の平和憲法／第二次世界大戦を経て誕生した国連は／大国の拒否権乱用で機能を失っている／カントは世界の国々の組織国際連合を提案したが道半ばだ／／ガザの叫びを聞こう／多年救援活動を行っている／日本人桑山医

師と親交のある／マキロウ青年は太陽の沈む海岸で／「爆弾・飢餓・感染症に追われている／戦争を止めてくれ！」／ガザの叫びを聴いて／自己の心の内にとどめないで／隣人に話しかける／そうしないと「法」は私の心の中に／眠ってしまう／地球の「法」を守るのは自分自身です／／太陽系宇宙の／世界になっても／地球人の「法」（平和・共生）を貫きたい

天文学者や天体観測マニアたちはオーロラを観測し讃美するだろうが、青木氏は「太陽神の地球の危機の警告ではないか」と感じ取る。荷電粒子の風である「太陽風」から作られるオーロラに対して青木氏は、それを宇宙からの危険な「風」の警告と察するのだろう。青木氏はオーロラを含めた太陽や月から地球の危機への警告を直視すべきだと告げている。カントは「人間の本性は闘いを好む」ゆえに、具体的な戦争をさせないための「永遠平和論」を記し国際連合を提起したが、道半ばだという。今も悲劇が続く「ガザの叫びを聞こう」という叫びに対して、どうして人類は解決策を見いだせないのかと自問する。そして青木氏は最終連の《太陽系宇宙の／世界になっても／地球人の「法」（平和・共生）を貫きたい》との「地球人の決意」を心に刻むのだろう。
Ⅲ章「母の手のひら　父の一言」十一篇は、家族や親しい友人たちの詩篇や闘病などを経た実存的詩篇、またその渦中に見た幻想的な詩篇などが収録されている。最後の詩「日本晴の心」から心に刻まれる詩行を引用したい。

飯縄山（一九一七米）　にこやかに聳えている
飯縄山登山は　小学六年の春　友数人夢中で登った
人気なき山頂から　善光寺平を見下ろす光景が忘れられず
青年壮年と三〇回位登っている
登る人も影もない　話題にもならない
しかも親しみのある山麓には彩の少ないスキー場
飯縄山に登る　山頂には小さな祠　眼下には善光寺平が広がっている
人影は見えないが　人間が生活している
小さな驚きが　飯縄山山頂を近づけた
小さな人間存在を教えてくれた飯縄山頂だ

（略）

山人は山を愛するが　所有を望まない
月々の四季の美しさ
征服はしない自然の山川湖森草原がなつかしい
健気な人間の　貴重な和みは遠くなり
紙一重と混濁の渦中にあって　混濁の広がりが世界を包んでいる
昨秋は晴れの日が少なかった
地球人が日本特有の「日本晴」を消し去ろうとしているように思う
雲一つない青空の日本晴を日本人は失いつつあるのか

（略）

地球人　山人「日本晴の心」を受け入れてほしい

そんな青木善保氏の宇宙からの「風」を受け止める「山人」・「日本晴の心」を地球人を模索する人びとに読んで欲しいと願っている。

あとがき

早春　この詩集を読んでくださり有難うございます。

私の幼少期は、木曽福島で生まれ、父の転勤で、佐久臼田町、長野市と移っている。

ここでは小学校入学前五・六歳、小学校に三年の頃を思い出している。

五歳頃、夏の初め。母が私と弟豊君を居間のテーブルに呼んだ。小さな弟滋君は従妹と外へ行っていた。安曇倭村の祖父祖母にハガキを出すことを教わった。

　おじいさん　おばあさん　こんにちは／おげんきですか　　あおきよしやす
数日し便りが届いた。

　お便り有難う。池の鰻　小屋の山羊、にわとりも／庭のりんごも梨も大きくなったよ。／皆さんでおいでください。　　ぢいぢ　ばあば
母に読んでもらって嬉しくなったことを思い出します。

昭和九年三月、南佐久郡臼田町臼田尋常高等小学校二年生終了になった。

机の上に真新しい学校文集が配られた。

担任は畑先生、師範学校を卒業したばかり、背が高くてスポーツマンだった。表紙は「学校文集第九」とあった。次頁が目次。「ニフガク」一ノ一相澤一之「イヌ」

一ノ一田島美江子「ヒカウキ」一ノ一田島謹一……「ひしのおんせん」二ノ二青木善保……と。六ノ一、高等科二ノ三吉野みつる、で。本文のあとに、昭和十四年三月（非売品）／文集（昭和十二年度）／臼田尋常高等小学校。

家に帰り夢中になって読んだ。五・六年高等科、難しいと思ったが「兄さん」「姉さん」ができたような気持になり、作文を読む楽しさを覚えている。

知らない人でも作文を通じて友達になれると心が通じる、心が躍る。

九十四歳になっても「書くこと」による広く明るい世界を描くうれしさを持ち続けたいと思います。視聴力が弱くなり、書くことが遠くなります。書くことの明るい世界に招かれて筆をとろうと思いました。

生命の限り「書くこと」を続けたい。

この度この詩集を企画し、詩の哲学的評論を書いてくださったコールサック社代表鈴木比佐雄氏、中世に逆戻りしている地球にあって、日本の文学の在り方を常々問うて、一歩でも文化中心の国の創造に活躍されるコールサック社のスタッフの皆様に深く感謝申し上げます。

二〇二五年一月十七日

青木善保

著者略歴

青木善保（あおき　よしやす）

1931年長野県生まれ
信州大学教育学部卒（昭和28年）
長野県内の小学校、中学校、教育委員会に勤める
退職後、高校、教育研究所、短大、専門学校、成人学校に勤める
長野良寛会初代会長
長野県カリキュラム開発研究会初代代表

所属　文芸誌「コールサック」

既刊著書
　詩集
　　『風の季節』（2001年）
　　『天上の風』（2007年）
　　『風のレクイエム』（2011年）
　　『風のふるさと』（2013年）
　　『風の沈黙』（2016年）
　　『青木善保詩選集一四〇篇』（2017年）
　　『風が運ぶ古茜色の世界』（2018年）
　　『風が宿る善光寺平』（2021年）
　　『風と山人』（2025年）

　評論集
　　『良寛さんのひとり遊び』（2011年）

現住所　〒380-0803
　　　　長野県長野市三輪4-4-28

石炭袋

詩集　風と山人

2025年3月27日初版発行
著　者　　　　青木善保
編集・発行者　鈴木比佐雄
発行所　株式会社 コールサック社
〒173-0004　東京都板橋区板橋 2-63-4-209
電話 03-5944-3258　FAX 03-5944-3238
suzuki@coal-sack.com　http://www.coal-sack.com
郵便振替　00180-4-741802
印刷管理　（株）コールサック社　制作部

装幀　松本菜央

落丁本・乱丁本はお取り替えいたします。
ISBN978-4-86435-644-2　C0092　￥1700E